Bás i mBaile an Ghorta

úrscéal don fhoghlaimeoir fásta

Micheál Ó Ruairc

ff

Comhar Teoranta
5 Rae Mhuirfean, Baile Átha Cliath

Tá Comhar faoi chomaoin ag Bord na Leabhar Gaeilge as tacaíocht airgid a chur ar fáil le haghaidh foilsiú an leabhair seo.

Foilsithe ag Comhar Teoranta, 5 Rae Mhuirfean, Baile Átha Cliath 2.

ISBN 0 9539973-6-7

Leagan amach: Daire Ó Beaglaoich, Graftrónaic
Clúdach: Eithne Ní Dhúgáin

Clár

Daoine sa Scéal

Seosamh de hÍde: an tArdmháistir
Caitlín Nic Dhonncha: an Leas-Ardmháistreas
Cathal Ó Loinsigh: tiománaí bus
Paula Ní Loinsigh: deirféar Chathail
Seán Mac Mathúna: oibrí de chuid FÁS
Criostóir Mac Aonghusa: múinteoir agus staraí áitiúil
Deasún Ó Cinnéide: bleachtaire
Fionnuala Ní Bheaglaoich: sairsint
Tomás Mac Fheorais: stiúrthóir an Ionaid Oidhreachta
An tAthair Tadhg Ó Dubhdha: sagart
An tOllamh Anthony Hamilton: léachtóir ón Ástráil
Neill Uí Riain: bean de mhuintir Bhaile an Ghorta
Bean Hastings: baintreach
James Weir: maor uisce

Na Foghlaimeoirí Fásta

Yang Tunc Sun:Síneach
Kim Wan Zin: Síneach
Li Chan Kook: Síneach
Yumi Nakata: Seapánach
Robert Alexandersson: Fionlannach
Ulrika Jansen: Fionlannach
Kirsti Agnew: Nua-Shéalannach
Isabella Carlos: Catalónach
Mary Lou Hennessy: Astrálach

Na Éireannaigh

Cáit Nic Aodha, Sorcha Ní Riain, Michelle de Staic,
Seán Mac Cárthaigh, Pól Ó Muircheartaigh, Ruairí Ó Bric,
Aoife Ní Chaomhánaigh, Mánas Ó Domhnaill,
Déaglán Mac Gabhann, Ruairí Ó Laoghaire,
Máiréad Nic an Fhaili, Aoife Ní Chonghaile

Caibidil a hAon

*Tá *sceitimíní áthais ar na foghlaimeoirí fásta mar go bhfuil siad ag dul ar thuras lae go Baile an Ghorta. Sráidbhaile stairiúil é Baile an Ghorta atá suite seacht míle is fiche ó Choláiste Phádraig, an coláiste samhraidh ina bhfuil na foghlaimeoirí fásta ag foghlaim na Gaeilge.*

Bhí sceitimíní áthais ar gach duine de na foghlaimeoirí fásta. Bhí siad ag baint an-taitnimh go deo as an gcúrsa Gaeilge i gColáiste Phádraig. Bhí an aimsir go hiontach cé gur lár Mhí Lúnasa a bhí ann. Inniu bhí siad ag dul ar thuras lae go Baile an Ghorta. Thaitin na turais lae go mór leo, go háirithe leis na foghlaimeoirí fásta *ón iasacht.

Bhí deichniúr ón iasacht ar an gcúrsa i mbliana: duine ón tSeapáin, triúr ón tSín, duine ón *Nua-Shéalainn, beirt ón bhFionlainn, duine ón gCatalóin agus duine ón Astráil.

Éireannaigh ba ea iad an dáréag eile, ar státseirbhísigh, bunmhúinteoirí agus daoine *ar luath-phinsean a bhformhór. Bhí an-sprid agus an-atmaisféar i measc an ghrúpa áirithe seo agus réitigh siad go maith lena chéile. Bhí suim acu go léir sa Ghaeilge agus iad toilteanach í a fhoghlaim agus í a labhairt eatarthu féin.

sceitimíní *excitement*: tá sceitimíní orthu *they are all excited*

ón iasacht *from abroad*

An Nua Shéalainn *New Zealand*

ar luath-phinsean *on early retirement*

Réitigh siad go maith leis an mbeirt a bhí i gceannas orthu freisin. B'iad sin an t-Ardmháistir Seosamh de hÍde agus an Leas-Ardmháistreás Caitlín Nic Dhonncha.

As Muineachán do Sheosamh de hÍde agus bhí sé ina Ardmháistir ar Choláiste Phádraig le cúig bliana déag anuas.

Maidir le Caitlín Nic Dhonncha, 'Bleá Cliathach ba ea í siúd a tháinig mar mhac léinn ar cheann de na cúrsaí seo do na foghlaimeoirí fásta seacht mbliana roimhe sin ach a d'fhill trí bhliain níos déanaí mar mhúinteoir.

Ba é seo an dara turas lae ag na foghlaimeoirí fásta. I rith na chéad seachtaine thug siad cuairt ar Loch Gile agus d'éirigh thar barr leis an turas sin.

Bá é seo an chéad uair ag grúpa as Coláiste Phádraig dul go Baile an Ghorta. Níorbh fhiú turas a thabhairt ar an áit go dtí seo. Ní bhíodh faic ann a gcuirfeadh na mic léinn suim ann. Ní bhíodh ann ach *'fiailí agus fothraigh', mar a deireadh de hÍde go magúil.

Ach le bliain anuas bhí *ionad oidhreachta nua tógtha san áit agus bhí na fothraigh go léir atógtha agus maisithe.

Bhí Sráidbhaile an *Ghorta Mhóir *athbhunaithe ag coiste gnó na háite ón mbonn aníos.

Thug Seosamh de hÍde agus Cathal Ó Loinsigh cuairt ar an áit níos luaithe sa bhliain agus bhí siad an-tógtha leis mar áit. Tiománaí bus ba ea é Cathal. Bhí cónaí air i dteannta a dheirféar, Paula, leathmhíle lasmuigh de Bhaile an Ghorta. Astrálaigh ba ea iad an bheirt acu, a d'fhill abhaile ón Astráil sna hochtóidí is a shocraigh

fiailí agus fothraigh *weeds and ruins*
ionad oidhreachta *heritage centre*
An Gorta Mór *The Great Famine*
athbhunaithe *restored*

síos ann. Bhíodh cónaí ar a sinsear san áit roimh aimsir an Ghorta ach d'fhág siad siúd an áit roimh an *Drochshaol.

Bhí de hÍde agus Ó Loinsigh den tuairim gurbh fhiú go mór turas lae a thabhairt ar an áit. D'fhéadfaidís leathlá *a mheilt san áit gan stró agus ina dhiaidh sin bheidís in ann dul amach chuig Oileán tSeannaigh i mbád iascaireachta agus picnic a bheith acu ansin. Agus ní raibh Baile an Ghorta ach seacht míle is fiche ó Choláiste Phádraig.

*Moladh do na foghlaimeoirí fásta a gceamaraí a bhreith leo agus leabhar éigin faoin nGorta Mór a bheith léite acu roimh ré

Bhí áthas ar an Ardmháistir agus ar an Leas-Ardmháistreás a fheiceáil go raibh iliomad leabhar faoin nGorta ceannaithe ag na mic léinn agus iad á léamh go fonnmhar acu le seachtain anuas.

An Drochshaol *the bad old days (i.e. The Famine)*

a mheilt *to spend*

moladh dóibh *they were advised*

Caibidil a Dó

Tá na foghlaimeoirí fásta an-tógtha le Baile an Ghorta. Tá a lán nithe suimiúla ann dóibh. Baintear geit uafásach as an mbean ón Nua-Shéalainn.

Nuair a shroich bus Choláiste Phádraig Baile an Ghorta ar an Aoine, an tríú lá déag de Lúnasa, bhí gach éinne de na paisinéirí *ar bís le fiosracht. Stop an bus os comhair an Ionaid Oidhreachta, áit a raibh *treoraí ag fanacht orthu. Cailín óg, álainn ba ea an treoraí seo a thaitin go mór leis na fir óga a bhí i measc na bhfoghlaimeoirí fásta.

Chomh luath is a bhí gach éinne imithe ón mbus, chuaigh an tiománaí, Cathal Ó Loinsigh, abhaile don dinnéar.

Bhí béile ullmhaithe roimh na foghlaimeoirí fásta sa Soup Kitchen, bialann an Ionaid Oidhreachta. Bhain siad go léir an-taitneamh as an mbéile sin mar go raibh siad *stiúgtha leis an ocras.

Tugadh sceideal an tráthnóna dóibh ansin.

Thug an treoraí iad ar thuras eagraithe timpeall an tsráidbhaile ar dtús.

ar bís *excited, in suspense*

treoraí *guide*

stiúgtha leis an ocras *famished*

Thug siad *suntas do gach a bhfaca siad, go háirithe na foghlaimeoirí fásta ón iasacht. Bhí a lán nithe suimiúla thart timpeall an tsráidbhaile. Bhí Teach na mBocht nó An Poorhouse ag bun an bhaile is *athchóiriú iomlán déanta air. Níos faide suas bhí Oifig na nOibreacha Poiblí suite ar thaobh na láimhe deise. Thuas ag barr an bhaile ar fad bhí Teach na Cúirte agus cuma an-réadúil go deo ar an áit. Bhí pictiúr mór de *dhíshealbhú crochta ar an mballa os cionn Bhinse an Bhreithimh.

Ag a trí a chlog d'fhill siad ar an Ionad Oidhreachta arís. Thug an múinteoir agus an *staraí áitiúil, Criostóir Mac Aonghusa, léacht dar teideal 'Tionchar an Ghorta Mhóir ar mhuintir na hÉireann sa bhaile agus i gcéin'.

Thaitin an léacht go mór leo.

Nuair a bhí an léacht thart ligeadh na mic léinn saor lena rogha rud a dhéanamh ar feadh uair a chloig. D'fhan scata acu san Ionad Oidhreachta agus é i gceist acu *cuimhneacháin a cheannach. Scaip an chuid eile ar nós na mion-éan ar fud an tsráidbhaile lena gceamaraí agus lena *bhfíscheamaraí.

Bhí Kirsti Agnew ón Nua-Shéalainn ag glacadh grianghraif den fhear bréige i nGort na bPrátaí Dubha nuair a thug sí rud aisteach faoi deara.

Bhí fuil ag sileadh as béal an fhir bhréige. Dhruid sí ní ba ghaire dó. Ba bheag nár thit an t-anam aisti leis an ngeit a baineadh aisti.

Ní fear bréige a bhí ann in aon chor ach seanbhean agus í mar a bheadh sí *céasta ar chrois. Bhí fuil ag sileadh as a béal agus súil amháin pioctha as a ceann ag

suntas *attention*
athchóiriú *renovation*
díshealbhú *eviction*
staraí áitiúil *local historian*
cuimhneacháin *souvenirs*
físcheamara *cam-recorder*

na *préacháin dhubha a bhí neadaithe sna crainn thart timpeall an ghoirt. Bhí scian mhór *sáite isteach ina *brollach sa ghleann idir a dá chíoch.

Chaith Kirsti Agnew ón Nua-Shéalainn a ceamara uaithi agus thosaigh ag rith i dtreo an Ionaid Oidhreachta is í ag screadaíl agus ag béiceadh in ard a cinn is a gutha.

céasta *crucified*

préacháin dhubha *black crows*

sáite *stuck*

brollach *chest*

Caibidil a Trí

*Tagann an Bleachtaire Ó Cinnéide agus an Sáirsint Ní Bheaglaoich go Baile an Ghorta. Tá ionadh orthu go bhféadfadh *dúnmharú tarlú i sráidbhaile ciúin mar é. Drochscéala do na foghlaimeoirí fásta: ní bheidh siad in ann Baile an Ghorta a fhágáil go ceann tamaill eile.*

Bhí sé a leath i ndiaidh a cúig nuair a shroich an Bleachtaire Deasún Ó Cinnéide agus an Sáirsint Fionnuala Ní Bheaglaoich Baile an Ghorta.

Bhí scamall dubh an bháis crochta os cionn an tsráidbhaile faoin am seo agus daoine ina seasamh timpeall i ngrúpaí beaga agus cogar mogar ar siúl acu.

Níor tharla a leithéid riamh cheana i mBaile an Ghorta, sráidbhaile a tógadh ag deireadh *Na bPéindlithe agus a raibh breis agus dhá chéad duine lonnaithe ann i mbotháin bheaga roimh aimsir an Ghorta Mhóir.

Fuair líon ard de dhaonra an tsráidbhaile bás den ghorta agus d'imigh formhór na ndaoine eile ar imirce nó bhog siad siar go Caisleán an Rí, an baile mór ba ghaire do Bhaile an Ghorta.

Ní raibh ach dhá theaghlach de *bhunadh na háite fágtha ann faoin mbliain 1900. Ní raibh duine ná

dúnmharú *murder*

Na Péindlithe *The Penal Laws*

bunadh na háite *coming from the local area*

deoraí fágtha san áit faoin mbliain 1950.

Ach le cabhair airgid ó Údarás na Gaeltachta, ó chumainn áitiúla agus ó *imirceoirí thar lear de bhunadh na háite, tosaíodh ar an áit a *hathshealbhú agus a *hatógáil sna hochtóidí. Thosaigh daoine ag filleadh ar an áit arís, ag ceannach *suíomhanna tí agus ag socrú síos ann.

Faoin mbliain 1993 bhí scór teaghlach athlonnaithe san áit arís, agus an líon sin ag méadú in aghaidh na bliana.

Anuas air seo bhí tithe samhraidh ceannaithe ag thart ar dháréag eile ó Chaisleán an Rí, ó Chorcaigh is fiú chomh fada ó bhaile agus Baile Átha Cliath.

Ba í seo an chéad chuairt ag an mBleachtaire Ó Cinnéide agus a *chomhghuaillí, an Sáirsint Ní Bheaglaoich, ar Bhaile an Ghorta. Bhí an bheirt acu lonnaithe i gCaisleán an Rí ach bhí Baile an Ghorta faoina gcúram. Ní raibh ach an t-aon theach tábhairne amháin sa tsráidbhaile, an Coffin Ship, maraon le siopa beag SPAR, oifig an phoist agus anois, ar ndóigh, an t-Ionad Oidhreachta.

Bhí *fíricí an dúnmharaithe soiléir go maith. Baintreach mná ba ea an té a dúnmharaíodh. Bean Hastings ab ainm di, seanbhean a raibh an ceithre scór slánaithe aici. Bhí cónaí uirthi ina haonar ar imeall an tsráidbhaile. Chaith sí an chuid ba mhó dá saol i Sasana ach d'fhill sí ar shráidbhaile a sinsir agus thóg teach san áit sa bhliain 1983. Ba í an chéad duine de bhunadh na háite a d'fhill ar an *bhfód dúchais.

Amuigh ag siúl lena madra a bhí sí nuair a dúnmharaíodh í. Chrith an Sáirsint Ní Bheaglaoich

imirceoirí *emigrants*
athshealbhú *repossess*
atógáil *rebuild*
suíomhanna tí *sites for houses*
comhghuaillí *colleague*
fíricí *facts*
an fód dúchais *native place/the old sod*

nuair a smaoinigh sí ar an tslí ar dúnmharaíodh í. Í sáite sa bhrollach le scian agus í fágtha mar a bheadh sí céasta ar chrois in áit an fhir bhréige thíos i nGort na bPrátaí Dubha.

"Meas tú, cad chuige gur maraíodh sa tslí sin í?" d'fhiafraigh sí den Bhleachtaire Ó Cinnéide.

"Nílim cinnte," d'fhreagair sé, "b'fhéidir go bhfuil *teachtaireacht éigin ceilte ann is go gcaithfimidne an teachtaireacht sin a thuiscint. An rud atá uainn ná cúis. Cad is cúis leis an dúnmharú seo? Seanbhean lách, mhacánta ba ea í. Níor deineadh robáil uirthi ná *ionsaí gnéis, de réir mar a thuigim ach, ar ndóigh, níl aon *scrúdú iarbháis déanta fós uirthi…"

Bhí an bheirt acu istigh san Ionad Oidhreachta. Bhí sé *ag cur thar maoil leis na foghlaimeoirí fásta a bhí ag éirí pas beag mífhoighneach faoin am seo.

Chaith an bleachtaire a shúile i dtreo na síleála.

Bheadh orthu gach uile dhuine ann a cheistiú sar a mbeidís in ann iad a *scaoileadh chun siúil.

Tháinig na múinteoirí trasna an urláir chucu.

Bhí súilaithne ag an mbleachtaire ar an Ardmháistir de hÍde. D'fheiceadh sé é ag imirt gailf ó am go chéile.

Níor aithin ceachtar acu Caitlín Nic Dhonncha, an Leas-Ardmháistreás.

"An féidir linn a bheith ag bogadh linn?" d'fhiafraigh de hÍde den Bhleachtaire Ó Cinnéide.

"Is oth liom a rá ach nach féidir libh," d'fhreagair an bleachtaire, "ní mór dúinn an scéal a fhiosrú ar dtús."

teachtaireacht *message*

ionsaí gnéis *sexual assault*

scrúdú iarbháis *post mortem*

ag cur thar maoil *overflowing*

scaoileadh chun siúil *release, let go*

"Féach," arsa de hÍde, go mífhoighneach, "ní dheachaigh ach duine amháin as an ngrúpa chomh fada le Gort na bPrátaí Dubha. B'shin í Kirsti Agnew, bean óg ón Nua-Shéalainn atá thall ansin sa chúinne léi féin. D'fhan an chuid eile againn anseo san Ionad Oidhreachta *cé is moite de dhuine nó beirt eile a chuaigh ag *spaisteoireacht thart faoin sráidbhaile..."

Labhair an Bleachtaire Ó Cinnéide go foighneach.

"Féach, ní thógfaidh sé ach uair a chloig nó dhó ar a mhéad. Caithfear labhairt leo mar ghrúpa agus ní mór duitse – tusa atá i gceannas ar an ngrúpa, nach ea? – a n-ainmneacha agus a seoltaí a thabhairt dom. Déanfaidh an Sáirsint Ní Bheaglaoich iad a chur ar a suaimhneas ar ball beag. Labharfaidh mé féin leis an mbean óg sin atá thall sa chúinne."

cé is moite de *apart from*

spaisteoireacht *stroll/ramble around*

Caibidil a Ceathair

*Tá an bhean óg ón Nua-Shéalainn, Kirsti Agnew *trína chéile go mór. Baineadh geit uafásach aisti. Déanann an Bleachtaire Ó Cinnéide iarracht í a chur ar a suaimhneas.*

Bhí sé soiléir gur baineadh geit uafásach as Kirsti Agnew. Bhí sí fós ag crith. Labhair sí go mall, stadach.

"Bhí mé… bhí mé… ag tógáil grianghraif den… den… scarecrow… cén Ghaeilge atá ar scarecrow…?"

"... fear bréige…"

"…den fhear bréige. Nuair a dhruid mé ní ba ghaire dó, thuig mé go raibh cuma an-aisteach ar an bhfear bréige…ansin a thuig mé gur...gur bean a bhí inti is...is go raibh sí marbh..."

"… tóg bog é, a Kirsti. Ní gá duit stró a chur ort féin…"

"… is go raibh scian sáite inti is go raibh fuil ag teacht as a béal is… is súil amháin pioctha as a ceann… Ó, bhí sé go huafásach…"

"… gan amhras bhí sé, a Kirsti, ach ní gá duitse a bheith buartha ina thaobh."

Bhí an bleachtaire ag iarraidh í a chur ar a *suaimhneas.

trína chéile *confused*

suaimhneas peace: í a chur ar a suaimhneas *to put her at ease*

"B'fhéidir nach bhfuil sé chomh gránna is a shíleann tú, a Kirsti, b'fhéidir go bhfuil míniú simplí air. Dála an scéil, cad as duit?"

*Shuaimhnigh sí beagáinín.

"As an Nua-Shéalainn dom."

"Nach iontach go deo an bhean thú go bhfuil tú tagtha chomh fada sin ó do thír dhúchais féin chun an Ghaeilge a fhoghlaim."

"Bhuel, is Éireannach í mo mháthair. As Baile na nGall i gCiarraí di *ó dhúchas. Bhíodh sí i gcónaí ag labhairt as Gaeilge liom agus mé ag fás aníos. Ise a *spreag mé le teacht anseo. Agus anois..."

"... féach, a Kirsti, ná bí buartha faoi seo. Dá mba mise tusa rachainn thar n-ais isteach sa ghrúpa is bhainfinn taitneamh as a bhfuil fágtha den chúrsa i gColáiste Phádraig. Océ?"

D'fhéach Kirsti isteach sna súile air. Thosaigh a *féinmhuinín ag teacht thar n-ais chuici. Bhraith sí níos fearr inti féin.

"Océ agus go raibh maith agatsa a... a...?"

"... a Dheasúin. Deasún Ó Cinnéide is ainm domsa."

"Océ, a Dheasúin. An mbeidh mé in ann mo cheamara a fháil thar n-ais?"

"Cinnte go mbeidh tú! *An miste leat má bhainim an scannán as? Ceannóidh mé scannán nua duit agus cuirfidh mé sa phost chugat é. Fág do sheoladh baile agam sar a n-imíonn tú."

"Déanfaidh mé cinnte. Tá sé sin go breá, a Dheasúin.

shuaimhnigh sí *she relaxed*

ó dhúchas *by birthright*

spreag sí mé *she encouraged me*

féinmhuinín *selfconfidence*

An miste leat? *do you mind?*

Go raibh maith agat."

"Go raibh maith agatsa freisin, a Kirsti. Sin é an méid go fóill. Tá súil agam nach gcuirfidh an eachtra seo isteach go ró-mhór ort. An dtaitníonn an cúrsa i gColáiste Phádraig leat?"

"Taitníonn sé go mór liom. Táim ag baint an-sult go deo as. Tá brón orm go bhfuil an cúrsa nach mór... nach mór críoch... críoch..."

"... críochnaithe. Sea, cathain a bheidh sé ag críochnú, a Kirsti?"

"Seachtain is an lá inniu. Sin an fichiú lá de Lúnasa."

"Inniu Dé hAoine an tríú lá déag. *Lá an mhí-áidh! B'fhéidir go bhfuil fírinne sa *phiseog tar éis an tsaoil! Ar aon chaoi, bain taitneamh as an tseachtain atá fágtha agat."

"Bainfidh mé, tá súil agam."

"Slán go fóill, a Kirsti, is go n-éirí leat."

lá an mhí-áidh *unlucky day*

piseog *superstition*

Caibidil a Cúig

Insíonn an Bleachtaire Ó Cinnéide don Ardmháistir de hÍde go mbeidh ar na foghlaimeoirí fásta fanacht i mBaile an Ghorta thar oíche. Éiríonn an t-Ardmháistir feargach ach nuair a deirtear leis go mbeidh béile mór agus neart fíona ar fáil sa Soup Kitchen, téann sé chun suaimhnis.

Ghlac an Sáirsint Ní Bheaglaoich ainmneacha agus seoltaí na bhfoghlaimeoirí fásta ina leabhar nótaí.

Labhair sí le Caitlín Nic Dhonncha agus bhí sí siúd breá tuisceanach i dtaobh na *moille a cuireadh orthu.

Ní bheidís ag dul go hOileán tSeannaigh anois mar go raibh sé ró-dhéanach. Dúirt Caitlín go raibh sé i gceist acu na foghlaimeoirí fásta a thógáil go hÓstán na Mara i gCaisleán an Rí i gcomhair béile ar a mbealach abhaile.

Bhí Óstán na Mara leathbealaigh idir Bhaile an Ghorta agus Coláiste Phádraig. Tháinig an t-Ardmháistir de hÍde ar an láthair.

"An fada eile a bheimid anseo?" d'fhiafraigh sé den sáirsint.

"Is oth liom a rá leat go dtógfaidh sé uair nó dhó eile mar go mbeidh orainn labhairt le gach éinne sa

51 moill *delay*

ghrúpa."

Dhorchaigh *ceannaithe an Ardmháistir.

"An bhfuil gá leis sin?" ar seisean go feargach. "Tar éis an tsaoil ní *coirpigh sinn!"

"Ó, tuigim é sin go maith. Is é an trua é gur tharla an eachtra seo ar an lá ar tháinig sibh anseo ar bhur dturas. Nílim ach ag déanamh mo chuid oibre. Tá súil agam go dtuigeann tú é sin?"

"Ó, tuigim é sin ach caithfidh tusa a thuiscint gur mic léinn ar chúrsa Gaeilge sa Ghaeltacht iad na daoine seo is ní dóigh liom go bhfuil sé ceart ná cóir cur as dóibh ar an tslí seo," ar seisean agus cuma an-chrosta ar a aghaidh.

Leis sin, tháinig an Bleachtaire Ó Cinnéide anall chucu.

"Tá drochscéala agam díbh," ar seisean, "caithfidh gach éinne agaibh fanacht anseo anocht, *is baolach. Ní féidir éinne a ligean amach as Baile an Ghorta go dtí maidin amárach, ar a luaithe. Tá brón orm faoi seo ach níl aon dul as agam. Tá seans maith ann go bhfuil an dúnmharfóir fós inár measc agus tá *ionaid sheiceála á n-eagrú againn mórthimpeall an tsráidbhaile is ní bheidh cead ag éinne an áit seo a fhágáil gan cead uaimse."

"Tá sé seo scannalach," arsa an t-Ardmháistir, "cá bhfanfaidh na mic léinn?"

"Féach," arsa an bleachtaire go foighneach, "beidh cruinniú ar siúl ag an gcoiste áitiúil anseo ar ball beag agus eagrófar lóistín na hoíche do chuile dhuine. Ná bí buartha. Ach sin iad na rialacha is níl neart agamsa air."

Chroith an t-Ardmháistir a cheann go dúbhrónach.

52 ceannaithe *features*
53 coirpigh *criminels*
54 is baolach *I'm afraid*
55 ionaid sheiceála *check points*

Labhair an bleachtaire arís.

"Deir Tomás Mac Fheorais, *Stiúrthóir an Ionaid Oidhreachta, liom go mbeidh dinnéar ar fáil agaibh anocht saor in aisce sa Soup Kitchen is go bhfuil neart fíona sa *siléar le bhur dtart a *mhúchadh."

Tháinig *aoibh ar aghaidh an Ardmháistir ar chloisteáil an mhéid sin dó.

"Fair Play!" ar seisean, "mharóinn buidéal fíona anois dá bhfaighinn ceann!"

Ní raibh na focail ach ráite aige nuair a thuig sé gur *focail mhí-oiriúnacha a bhí iontu ar an ócáid áirithe sin.

stiúrthóir *director*

siléar *cellar*

múchadh *quench*

aoibh *happy look*

focail mhí-oiriúnacha *inappropriate words*

Caibidil a Sé

*Téann an Bleachtaire Ó Cinnéide agus a *chomhghuaillí go dtí an Coffin Ship, an teach tábhairne áitiúil. Faigheann siad breis eolais i dtaobh Bhean Hastings, an té a dúnmharaíodh. Ach ní ró-fhada ann iad nuair a thagann scéala chucu go bhfuil dúnmharú eile tar éis tarlú i mBaile an Ghorta.*

Nuair a bhí na foghlaimeoirí fásta ar a suaimhneas san Ionad Oidhreachta tar éis béile breá a bheith ite acu agus neart fíona ólta acu, *shleamhnaigh an Bleachtaire Ó Cinnéide agus a chomhghuaillí amach an doras agus trasna na sráide leo go dtí an Coffin Ship, an *síbín áitiúil, an t-aon theach tábhairne sa tsráidbhaile. Bhí seanbhean ag freastal sa bheár is bhí triúr fear suite ag an gcuntar.

Bheannaigh sí don bheirt chuairteoirí.

D'ordaigh an bleachtaire *7up* dó féin agus buidéal *Ballygowan* dá chomhghuaillí. D'fhéach sé ar a uaireadóir. Bhí sé nach mór a seacht a chlog cheana féin. Bhí sé *geallta ag an Dr. John Harbison, *paiteolaí an Stáit, go mbeadh sé ann ag a hocht ar a dhéanaí chun scrúdú iarbháis a dhéanamh ar an gcorp.

Bhí an Sáirsint Ó Néill agus an Garda Ó hUiginn thuas

---

comhghuaillí *colleague*

shleamhnaigh siad amach *they slipped out*

sibín *pub*

geallta *promised*

paiteolaí *pathologist*

i nGort na bPrátaí Dubha ag coinneáil súil ghéar ar láthair an dúnmharaithe.

"An raibh aithne agatsa ar Bhean Hastings?" d'fhiafraigh an bleachtaire de bhean an tí.

"Ní raibh, i ndáiríre," d'fhreagair sí, "choinnigh sí a hintinn chuici féin. Níor mheasc sí mórán le muintir na háite. Bean chiúin, lách ba ea í is níor chuir sí isteach ná amach ar éinne."

"An bhfuil aon ghaolta léi fós beo?"

"N'fheadar," arsa bean an tí, ag ardú a gutha, "cad a cheapann tusa, a Mhaidhc?" d'fhiafraigh sí de dhuine den triúr a bhí suite le hais an chuntair.

D'ardaigh fear meánaosta a *chloigeann is d'fhéach ar an mbeirt chuairteoirí go hamhrasach.

"Ní dóigh liom é," ar seisean," cailleadh í an t-aon duine *muinteartha a bhí aici, iníon deirféar léi, dhá bhliain ó shin i Cheshire ar *chúinsí amhrasacha. Ní dóigh liom go bhfuil éinne eile fágtha aici."

Labhair duine de na fir eile, seanfhear liath a raibh maide siúil crochta ar imeall an chuntair aige.

"An ndeachaigh sí sall chuig an tsochraid?"

"Ní dheachaigh," d'fhreagair an tríú duine, seanfhear caol, ard a raibh tuin Mheiriceá le sonrú go soiléir ar a ghuth, "nach cuimhin libh gur chaith sí mí san ospidéal ag an am sin? Más buan mo chuimhne, chuaigh a teach trí thine is ba ar *éigean a thug sí na cosa léi as an dóiteán."

"An mbeidh sibhse ag freastal ar an gcruinniú a bheidh ar siúl ag an gcoiste áitiúil san Ionad Oidhreachta anocht?" d'fhiafraigh an Sáirsint Ní Bheaglaoich den

cloigeann *head*

muinteartha *related*

cúinsí *circumstances*

éigean *difficulty* ar éigean *barely*

chomhluadar.

Sar a raibh deis ag éinne an cheist a fhreagairt, osclaíodh doras an tí tábhairne *de phlimp agus sheas fear beag, bídeach ar leac an dorais agus a aghaidh chomh bán le bráillín.

"Tá… tá… sibh ag teastáil… thíos i dTeach na mBocht go práinneach," ar seisean leis an mbeirt phóilíní

"Cad tá cearr?" d'fhiafraigh an bleachtaire de.

"Tá… tá duine éigin ar crochadh ó na *rachtaí thíos ann," ar seisean agus *cuma na scéine ina shúile.

de phlimp *suddenly*

rachtaí *rafters*

cuma na scéine *look of horror*

Caibidil a Seacht

Deir Seán Mac Mathúna, oibrí de chuid FÁS, leo go bhfuil corp fir ar crochadh i dTeach na mBocht. Deir sé leo gur baineadh geit uafásach as nuair a chonaic sé ar dtús é.

"Seán Mac Mathúna is ainm dom. Is oibrí de chuid FÁS mé. Táim fostaithe mar *airíoch ag an *gComharchumann anseo. Mise atá i bhfeighil Theach na mBocht agus Teach na Cúirte. Bhí mé ag cur an Poorhouse faoi ghlas nuair a chonaic mé go raibh duine... fear... corp ar crochadh ó na rachtaí thuas sa *lochta. Ba bheag nár thit an... an t-anam asam..."

"... agus cé atá ar crochadh ann?" d'fhiafraigh an bleachtaire de.

"Níl tuairim agam. Níor fhan mé timpeall. D'fhág mé an áit ar chosa in airde agus chuaigh mé go dtí an t-Ionad Oidhreachta. Dúirt Tomás Mac Fheorais go bhfaca sé an bheirt agaibhse ag teacht isteach anseo. Rinne mé caol díreach ar an áit seo..."

"... océ! Téanam ort!" arsa an bleachtaire lena chomhghuaillí, "agus an bhféadfadh duine agaibhse teacht inár dteannta," ar seisean, ag *sméideadh ar an

airíoch *caretaker*
comharchumann *co-operative society*
lochta *loft*
ag sméideadh *beckoning*

triúr le hais an chuntair, "le go bhféadfaimis an corp a aithint?"

Sheas an seanfhear caol, ard leis an tuin Mheiriceánach suas.

"Rachaidh mise libh," ar seisean.

Caibidil a hOcht

*Aithníonn an seanfhear an té atá ar crochadh i dTeach na mBocht. James Weir is ainm dó, a bhí ina *mhaor uisce i mBaile an Ghorta.*

Bhí corp an duine chrochta fós te.

"Bhuel?" d'fhiafraigh an bleachtaire den Mheiriceánach.

"Sin é James Weir, an maor uisce," ar seisean. Bhí corp an fhir mhairbh *ag liobarnaíl as *sealán na croiche, a dhá shúil *ataithe ag pléascadh istigh ina cheann agus a theanga ag sileadh *go graosta lena bhéal oscailte.

B'uafásach an radharc é gan aon agó.

maor uisce *water stewart*

ag liobarnáil *hanging loosely*

sealán na croiche *hangman's noose*

ataithe *swollen*

go graosta *obscenely*

Caibidil a Naoi

Tagann an Dr. John Harbison, paiteolaí an stáit, go Baile an Ghorta. Níl an Bleachtaire Ó Cinnéide chun éinne a ligean amach as an sráidbhaile go dtí an lá amárach. Tá fonn air tús a chur leis an bhfiosrúchán.

Bhí sé tar éis a hocht a chlog nuair a shroich paiteolaí an stáit, an Dr. John Harbison, Baile an Ghorta.

Bhí ionadh air nuair a dúradh leis go mbeadh air scrúdú iarbháis a dhéanamh ar dhá chorp.

Bhí seanaithne aige féin agus an Bleachtaire Ó Cinnéide ar a chéile.

"Beidh ort an dá *láthair seo a *chaomhnú go dtí maidin amárach, a Dheasúin," ar seisean, "an bhfuil go leor gardaí agat chuige sin?"

"Cinnte tá. Tá beirt thuas i nGort na bPrátaí Dubha cheana agus tá beirt eile faighte agam leis an láthair seo a chaomhnú. Ar ndóigh, tá suas le scór eile ar diúité thart timpeall an tsráidbhaile. Nílim chun éinne a ligean amach as an áit go dtí maidin amárach."

"An gceapann tú gur duine áitiúil atá taobh thiar de na dúnmharaithe seo? Tá an rud ar fad thar a bheith

láthair *site*

a chaomhnú *to preserve*

aisteach, nach bhfuil?"

"Tá sé an-aisteach go deo. Baintreach aonarach ba ea í Bean Hastings agus baitsiléir ba ea é an James Weir seo freisin. É ina chónaí ina aonar i dtigín beag thíos in aice le hAbha na Féinne. Tá an rud ar fad thar a bheith aisteach, John, is níl tuairim dá laghad agam cad tá ar siúl, le bheith *macánta leat."

*Chaoch an paiteolaí a shúil ar an Sáirsint Ní Bheaglaoich.

"Ní fada a bheidh sé mar sin," ar seisean, "anois ní mór domsa na scrúdaithe iarbháis seo a chur i *gcrích sar a mbéarfaidh an oíche orm. Feicfidh mé níos déanaí sibh."

"Ceart go leor, John," arsa an Bleachtaire Ó Cinnéide, "anois, a Fhionnuala, téanam ort thar n-ais go dtí an t-Ionad Oidhreachta le go bhféadfaimis tús éigin a chur leis an *bhfiosrúchán seo. "

macánta *honest*

chaoch sé súil ar *he winked at*

cur i gcrích *finish, complete*

fiosruchán *inquiry*

Caibidil a Deich

Tá slua mór bailithe san Ionad Oidhreachta. Tá an coiste áitiúil ag iarraidh lóistín na hoíche a eagrú do na foghlaimeoirí fásta.

Filleann an Bleachtaire Ó Cinnéide agus a chomhghuaillí ar an Coffin Ship nuair a bhíonn gach rud socraithe.

Deir bean an tí leo go raibh léachtóir staire ón Astráil á lorg is gur fhág sé an Coffin Ship faoi dheifir tamall gearr roimhe sin.

Bhí an halla mór san Ionad Oidhreachta ag cur thar maoil le daoine. Bhí na foghlaimeoirí fásta go léir bailithe le chéile thuas ag barr an halla is bhí muintir na háite suite thart timpeall ar chathaoireacha ina nduine is ina nduine nó i ngrúpaí beaga.

Bhí stiúrthóir an Ionaid Oidhreachta, Tomás Mac Fheorais, ag siúl thart go neirbhíseach.

Nuair a tháinig an bleachtaire agus an sáirsint isteach an doras, rinne sé caol díreach orthu.

"Tá súil agam go ndéanfar an fhadhb seo a réiteach sar a fada," ar seisean, "bhí léacht le bheith anseo anocht agus bhí orm é a *chur ar ceal. Tháinig léachtóir cáiliúil staire an tslí ar fad ón Astráil leis an léacht a thabhairt.

cur ar cheal *to cancel*

Cén leithscéal a thabharfaidh mé dó? Tá cruinniú den choiste áitiúil díreach críochnaithe agus, buíochas mór le Dia, tá go leor daoine sásta lóistín na hoíche a thabhairt saor in aisce do na foghlaimeoirí fásta. Mar sin féin tá foireann na bialainne thar a bheith míshásta leis na socraithe seo…"

"… agus tuigim é sin go maith!" arsa an Bleachtaire Ó Cinnéide go foighneach, "ach níl aon *leigheas agamsa ar na cúrsaí seo. Caithfear an slua ar fad a choinneáil i mBaile an Ghorta. Tá beirt marbh..."

Tháinig dath bán ar aghaidh an stiúrthóra.

"… beirt?"

"Sea, beirt. Fuarthas an maor uisce, James Weir, crochta anois beag."

Ghearr an stiúrthóir *fíor na croise air féin.

"Íosa Críost na bhFlaitheas! Cad tá ar siúl in aon chor?"

Leis sin, tháinig an sagart, an t-Athair Tadhg Ó Dubhda, chucu agus chuir sé ar a súile go raibh an cruinniú réidh le tosú.

"An dtiocfaidh sibh suas ar an *ardán linn?" d'fhiafraigh sé den bheirt phéas.

"Tiocfaimid, más gá," arsa an bleachtaire.

"Ba mhaith liom dá ndéarfása cúpla focal ar dtús leis an scéal a mhíniú do gach éinne. Tá daoine áirithe anseo atá dall ar fad ar a bhfuil ag tarlú, daoine áitiúla san *áireamh," ar seisean leis an mbleachtaire.

"Ceart go leor, más ea," arsa an bleachtaire, agus rinne sé féin, a chomhghuaillí, an stiúrthóir agus an sagart a

leigheas *remedy*

fíor na croise *the sign of the cross*

ardán *stage*

san áireamh *included*

mbealaigh in airde ar an ardán.

Nuair a bhí ciúnas sa halla, labhair an bleachtaire.

"Dia dhaoibh, a dhaoine uaisle," ar seisean, "agus go raibh maith agaibh go léir as ucht teacht anseo anocht. Ar eagla nach bhfuil an scéal cloiste ag cuid agaibh, tá beirt de chuid an tsráidbhaile seo básaithe ó mhaidin inniu, Bean Hastings agus an maor uisce, James Weir. Faoi láthair, táimse féin agus an Sáirsint Ní Bheaglaoich atá anseo lem ais ag fiosrú a mbás. Tá an Dochtúir John Harbison, paiteolaí an stáit, i mbun scrúdaithe iarbháis ar na coirp faoi láthair. Ní gá d'éinne agaibh a bheith buartha ach, ar eagla na heagla, coinnígí bhur ndoirse faoi ghlas anocht agus fanaigí i bhur dtithe. Anuas air seo, mholfainn díbh fanacht i mBaile an Ghorta go maidin mar go bhfuil ionaid sheiceála eagraithe ag na Gardaí ar na bóithre thart timpeall an tsráidbhaile is níl sé i gceist acu éinne a ligean isteach ná amach as an gceantar go maidin. Tá na meáin chumarsáide ag fiosrú an scéil ach ní ligfear isteach iad go maidin amárach, ar a luaithe. Anois, má tá aon eolas ag éinne agaibh a chuideodh linn na cúrsaí seo a *shoiléiriú, bheinn buíoch díbh dá dtiocfadh sibh chugam tar éis an chruinnithe seo. Go raibh maith agaibh."

"Agus go raibh maith agatsa, a Bhleachtaire Uí Chinnéide," arsa an t-Athair Ó Dubhda, "anois ba mhaith liom ar dtús an fógra seo a léamh amach ar son an stiúrthóra. Seo é an fógra: 'Tá an léacht a bhí le bheith ar siúl anseo anocht curtha ar ceal *go bhfógrófar a mhalairt. Tuigimse cad chuige go mbeadh díomá ar chuid agaibh faoi seo mar go raibh sibh *ag tnúth go mór leis. Tháinig an t-Ollamh Anthony

a shoiléiriú *to clarify*

go bfógrófar a mhalairt *until an alternative (arrangement) is announced*

ag tnúth le *looking forward to*

Hamilton an tslí ar fad ón Astráil leis an léacht a thabhairt is a bheith anseo linn anocht chun an t-ionad álainn oidhreachta seo a oscailt go hoifigiúil. Gabhaimid leithscéal libh as ucht *cur as díbh mar seo.' Sin é deireadh an fhógra.

Anois, a dhaoine uaisle, níl ach gnó práinneach amháin le cur i gcrích againn agus is é an gnó sin ná lóistín a chur ar fáil do na cuairteoirí a tháinig chugainn ó Choláiste Phádraig ar thuras lae is a tarraingíodh isteach sna heachtraí mí-ámharacha seo * in aghaidh a dtola. Iarraim anois ar Ardmháistir Choláiste Phádraig, an t-Uasal Seosamh de hÍde, na socraithe sin a léamh amach."

Sheas Seosamh de hÍde suas ar an ardán.

"Ba mhaith liom dhá rud a rá sula dtosaím ar na socraithe don lóistín a léamh amach. Ar an gcéad dul síos ba mhaith liom a rá go bhfuil *aiféala mór orm go raibh orainn an trioblóid seo go léir a chur oraibh, a fhoghlaimeoirí fásta, ach is baolach nach bhfuil aon leigheas againn air. Ar an dara dul síos ba mhaith liom a rá go bhfuilim thar a bheith buíoch do na daoine a *thairg lóistín na hoíche saor in aisce dúinn. Anois, léifidh mé amach liosta de na foghlaimeoirí fásta agus na tithe ina bhfanfaidh siad.

Fanfaidh Yang Tunc Sun, Kim Wan Zin, Li Chan Kook agus Yumi Nakata i dTeach Uí Mhurchú. Fanfaidh Robert Alexandersson, Kirsti Agnew, Ulrika Jansen agus an Leas-Ardmháistreás, Caitlín Nic Dhonncha, i dTeach Uí Shíthigh. Fanfaidh Isabella Carlos, Mary Lou Hennessy, Cáit Nic Aodha agus mé féin i dTeach

cur as do *upset*

in aghaidh a dtola *against their will*

aiféala *regret*

thairg siad *they offered*

Uí Thuama. Fanfaidh Sorcha Ní Riain, Michelle de Staic, Seán Mac Cárthaigh agus Pól Ó Muircheartaigh i dTeach Mhic Dhiarmada. Fanfaidh Ruairí Ó Bric agus Aoife Ní Chaomhánaigh le Bean Uí Ghadhra. Fanfaidh Mánas Ó Domhnaill agus Déaglán Mac Gabhann i dTeach Sheoirse de Rís. Fanfaidh Ruairí Ó Laoghaire agus Máiréad Nic an Fhailigh i dTeach Uí Shúilleabháin agus faoi dheireadh fanfaidh Aoife Ní Chonghaile sa teach lenár dtiománaí, Cathal Ó Loinsigh agus a dheirféar, Paula. Anois, an bhfuil aon cheist ag éinne?"

Chuir Mary Lou Hennessy ó na Stáit Aontaithe a lámh in airde.

"An bhfuil muintir Uí Thuama anseo?"

"Ó, ná bí buartha faoi sin, Mary Lou. Tá duine amháin as gach teaghlach anseo agus buailfidh siad libh ar ball beag agus cuirfidh sibh aithne níos fearr orthu. Tabharfaidh siad *síob abhaile daoibh agus bricfeasta breá Gaelach ar maidin. Océ?"

Sheas an bleachtaire in airde arís agus labhair sé leis an slua.

"Is féidir libh a bheith ag bogadh libh ar ball beag. Bígí thar n-ais anseo maidin amárach roimh a deich agus scaoilfear abhaile ansin sibh. Arís, tá brón orm cur isteach ar bhur dturas lae mar seo ach níl *neart agam air. Oíche mhaith anois."

Nuair a bhí gach éinne *bailithe leo agus an halla nach mór folamh, chualathas fothram otharchairr lasmuigh.

Amach leis an mbeirt phéas.

síob *lift*

neart *strength*: níl neart agam air *I can't help it*

bailithe leo *gone off*

Nuair a shroich siad Teach na mBocht bhí John Harbison ag fanacht orthu ansin.

"Tá na scrúdaithe iarbháis déanta agam," ar seisean, "agus anois tógfar na coirp go dtí an *mharbhlann le tuilleadh scrúdaithe a dhéanamh orthu."

"Dúnmharaíodh iad, an gceapann tú?"

"Ó, níl dabht ar bith faoi. Tá an méid sin cinnte."

"Océ, John."

"Anois, a Dheasúin, ní mór domsa bheith ag bualadh bóthair mar bhí lá fada agam."

"Go raibh maith agat. Slán anois."

Nuair a bhí an paiteolaí imithe, labhair an sáirsint.

"Cad a dhéanfaimid anois, a Dheasúin?"

"Rachaimid thar n-ais go dtí An Coffin Ship. Tá súil agam go mbeidh cupán tae agus ceapaire le fáil againn ann. Táim stiúgtha leis an ocras. Cad fútsa?"

"Á, nílim ró-dhona ach beidh cupán tae agam i do theannta."

Bhí *cuma na huaighe ar an Coffin Ship. Ní raibh istigh ann ach Seán Mac Mathúna, an t-oibrí de chuid FÁS, agus an seanfhear liath leis an maide siúil a bhí ann *ó chianaibh.

"Ar bhuail tú leis an Astrálach?" d'fhiafraigh bean an tí den bhleachtaire.

"An t-Astrálach? Cén t-Astrálach?"

"Sea, an léachtóir ón Astráil. Anthony Hamilton an t-ainm atá air, is dócha. Bhí sé le léacht a thabhairt anocht san Ionad Oidhreachta ach cuireadh ar ceal é.

marbhlann *morgue*

cuma na huaighe *the appearance of a graveyard*

ó chianaibh *a while ago*

Bhí sé anseo tamall beag ó shin. D'fhág sé an áit anois beag faoi dheifir mhór. Dúirt sé gur theastaigh uaidh labhairt le duine de na Gardaí. Dúirt mise leis go mbeadh tusa san Ionad Oidhreachta…"

"… an bhfuil a fhios agat cá bhfuil sé ag fanacht?"

"Tá sé ar lóistín i dTeach Neill Uí Riain."

"Cá bhfuil sé sin?"

"Níl sé ach achar gairid thuas an bóthar. Tá sé in aice le Teach na Cúirte."

"An bhfuil a huimhir ghutháin agat?"

"Tá."

"Cuir scairt uirthi agus fiafraigh di an bhfuil an t-Astrálach ann anois."

Chuaigh bean an tí trasna chuig an mbosca teileafóin agus dhiailigh an uimhir.

"Heileo? Á, heileo, a Neill. Nóirín ón Coffin Ship anseo. An bhfuil an t-Astrálach – cad is ainm dó arís – ó, sea, Anthony Hamilton, ansin? Níl. Océ. Slán, a Neill."

D'iompaigh sí i dtreo an bhleachtaire.

"Níl sé ann fós. Ach deir sí liom go ndúirt sé léi go mbeadh sé thar n-ais ag a deich is tá sé a deich i ndiaidh a deich anois."

"Tá sin ceart go leor. Beidh dhá cheapaire cáise againn maraon le pota tae, más é do thoil é. Rachaimid suas go Teach Neill Uí Riain nuair a bhíonn cupán tae ólta againn. An bhfuil sé sin ceart go leor, a Fhionnuala?"

"Tá sé sin go diail ar fad, a Dheasúin."

Caibidil a hAon Déag

*Téann an Bleachtaire Ó Cinnéide agus a chomhghuaillí go Teach Neill Uí Riain. Bíonn ar an mbleachtaire an doras a bhriseadh isteach. Tá Bean Uí Riain caite ar an urlár sa halla. Buaileadh sa chloigeann í. Téann an bleachtaire go dtí an seomra ina bhfuil Anthony Hamilton ar lóistín. Bhí duine éigin ann roimhe. Tá an seomra *ransaithe. Faigheann sé píosa páipéir a gcuireann sé suim mhór ann. Tógtar Bean Uí Riain chuig an ospidéal.*

Nuair a shroich siad Teach Neill Uí Riain, bhí cuma an-chiúin ar an áit. Chnag an Bleachtaire Ó Cinnéide ar an doras ach níor fhreagair éinne é.

"Tá sé seo aisteach," ar seisean leis an Sáirsint Ní Bheaglaoich.

Chnag sé arís, níos láidre an babhta seo agus *samhlaíodh dó gur chuala sé duine éigin *ag éagaoin istigh sa teach.

"Caithfear an doras a bhriseadh isteach láithreach bonn!" ar seisean.

Dhruid sé siar agus thug *ruathar reatha i dtreo an dorais gur bhuail sé le neart a choirp é gur bhain de na

ransaithe *ransacked*
samhlaíodh dó *it seemed to him*
ag éagaoin *moaning*
ruathar reatha *mad rush*

bacáin é agus gur thit sé fein i ndiaidh a chinn isteach an doras.

Léim sé ina sheasamh, las an solas agus chonaic sé an tseanbhean caite ar an urlár os a chomhair amach. Neill Uí Riain a bhí ann is bhí a haghaidh ag cur fola.

Chrom sé síos in aice léi.

"Cad a tharla duit?"

Labhair sí go bacach, stadach.

"Bhí... duine... éigin... ag an doras...d'oscail mé é... cheap mé gurb é... an... an t-Astrálach a bhí ann... ach buaileadh sa *leathcheann mé... is ní cuimhin liom..."

"... an bhfaca tú an té a rinne é seo?"

"Ní fhaca mé i gceart é. Bhí *balaclava* á chaitheamh aige."

"Maith go leor. Anois, a Fhionnuala, an gcuirfidh tusa glaoch ar otharcharr, más é do thoil é? Fan anseo le Bean Uí Riain go dtiocfaidh sé. Cén seomra ina raibh an t-Astrálach, Mr. Hamilton, dála an scéil?"

"An chéad sheomra... ar dheis... thuas ag barr an staighre."

"Océ! Rachaidh mise suas agus déanfaidh mé *iniúchadh ar an seomra sin."

Suas an staighre leis. Bhí doras an tseomra oscailte. Chuir an radharc a bhí os a chomhair amach uafás ar an mbleachtaire.

Bhí an seomra beag, ransaithe *creachta agus gach a raibh ann caite ar fud na háite. Bhí an leaba iompaithe

eathcheann *side of head*
creachta *pillaged*
iniúchadh *examination*

bun os cionn agus an *tocht stractha as a chéile.

"Pé duine a bhí anseo bhí rud éigin de dhíth go géar air," arsa an bleachtaire leis féin.

Istigh san *en suite* beag chonaic sé píosa páipéir ar an urlár in aice leis an mbosca bruscair. Bhí an píosa páipéir *craptha ina liathróid bheag. Thóg sé é agus *leath sé amach ar an mbord beag amuigh sa seomra leapa é. Leathanach as leabhar nótaí a bhí ann is bhí focail scríofa air. Véarsa as bailéad dar teideal 'Van Diemen's Land' a bhí sna focail sin. Léigh an bleachtaire iad is ansin chroith sé a cheann:

"Poor Frankie Brown from Ballygort Town,
Tom Lynch and poor Joe,
Were three determined poachers
as the county well does know;

By the keepers of the land,
my boys, one night they were trepanned
And for fourteen years transported
unto Van Diemen's Land."

Thóg sé mála beag plaistigh as a phóca agus sháigh sé an leathanach craptha isteach ann.

Ar eagla na heagla!

Bhí an Sáirsint Ní Bheaglaoich ag feitheamh leis ag bun an staighre.

"Tógadh í san otharcharr anois díreach," ar sise leis.

"Thóg an bleachtaire a ghuthán póca amach.

"Caithfidh mé garda a fháil chun faire na hoíche a dhéanamh anseo go maidin," ar seisean léi, "á, halo... haló... an é sin an Garda Mac Fhearghusa? Cá bhfuil

tocht *mattress* leath sé amach *he spread out*

craptha *crumpled*

tú? Sa scuadcharr, an ea? Sea! Océ! Tar go Teach Neill Uí Riain... in aice le Teach na Cúirte... láithreach agus beir leat fleasc tae agus ceapaire. Beidh tú ar diúité anseo go maidin... océ?... cén fhaid a thógfaidh sé ort? Deich nóiméad... océ! Feicfidh mé thú... slán..."

Caibidil a Dó Dhéag

Fágann an Bleachtaire Ó Cinnéide Teach Uí Riain. Cloiseann sé féin agus an Sáirsint Ní Bheaglaoich scread ard. Nuair a théann siad isteach i dTeach na Cúirte, tá corp eile ag feitheamh leo ar Bhinse an Bhreithimh.

An cheist a bhí ag déanamh *imní anois don bhleachtaire ná í seo: cá raibh an léachtóir ón Astráil, Anthony Hamilton?

*D'eisigh sé treoir do na gardaí go léir a bhí ar diúité thart timpeall ar Bhaile an Ghorta a bheith ag faire amach dó.

Chomh luath is a tháinig an Garda Mac Fheargusa, d'fhág an bleachtaire agus a chomhghuaillí Teach Uí Riain agus thug siad aghaidh ar an Ionad Oidhreachta arís.

Ní raibh duine ná deoraí in aon áit agus bhí an chuma ar an scéal go raibh gach éinne ag fanacht istigh don oíche.

Tháinig scuadcharr aníos an tsráid agus stop sé.

Dúirt duine de na gardaí a bhí istigh ann go raibh an áit 'chomh ciúin le reilig' le huair a' chloig anuas.

"Ní dóigh liom gurb é an focal 'reilig' an *tsamhail is

imní *worry*

d'eisigh sé treoir *he issued an order*

samhail *similitude*

oiriúnaí sa chás áirithe seo!" arsa an bleachtaire os íseal. *Ní túisce é sin ráite aige ná gur chuala siad scread ard, géar a scoilt an ciúnas.

"Cad as a dtáinig sé sin?" scread an bleachtaire.

"As Teach na Cúirte, thuas in aice le Teach Uí Riain, muna bhfuil dearmad orm," arsa an Sáirsint Ní Bheaglaoich.

Suas an bóthar leo ina rith te reatha gur shroich siad Teach na Cúirte. Bhí an áit chomh dubh le pic ach bhí an doras tosaigh leathoscailte. Isteach leo agus las siad an solas. Tuigeadh dóibh ar dtús nach raibh éinne istigh ann ach ansin thug siad faoi deara go raibh duine éigin ina shuí ar Bhinse an Bhreithimh thuas ar an ardán. Suas leo. Bhí fear meánaosta ina shuí ar an mBinse agus *aoibh an uafáis ar a cheannaithe.

Bhí sé marbh.

Cé nár aithin éinne acu é, thuig siad láithreach gurb é an t-Astrálach, Anthony Hamilton, a bhí ann.

Bhí a scornach gearrtha ó chluas go cluas is bhí an fhuil ag sní ina shruthán ón *gcréacht oscailte.

ní tuisce *no sooner*

aoibh an uafáis *a look of horror*

créacht oscailte *gaping wound*

Caibidil a Trí Déag

*Buaileann an Bleachtaire Ó Cinnéide leis an staraí áitiúil, Criostóir Mac Aonghusa sa Coffin Ship. Insíonn Mac Aonghusa *ginealach an triúir atá básaithe. Cuireann sé ar a shúile don bhleachtaire go bhfuil a mbáis ceangailte go díreach le heachtraí a tharla roimh aimsir an Ghorta Mhóir.*

Bhí an staraí áitiúil, Criostóir Mac Aonghusa, rompu sa Coffin Ship. Bhí aithne aige ar an mBleachtaire Ó Cinnéide ó na blianta a bhí caite aige mar mhúinteoir scoile i gCaisleán an Rí. Anois bhí sé mar phríomhoide ar Ghaelscoil an Mhistéalaigh i mBaile an Droichid, an bhunscoil ba ghaire do Bhaile an Ghorta.

Chuaigh an bleachtaire chun cainte leis.

Mhínigh sé dó go raibh triúr básaithe faoin am sin.

Nuair a thosaigh Mac Aonghusa ag labhairt, thuig an bleachtaire láithreach go raibh *foinse eolais den scoth *aimsithe aige.

"Níl dabht ar bith faoi," arsa Mac Aonghusa, "ach gur duine áitiúil éigin é an dúnmharfóir seo."

"Cad chuige go ndeir tú é sin, a Chriostóir?"

"Féach ar an triúr atá básaithe, a Dheasúin. Bean

ginealach *geneology* aimsithe *discovered*

foinse *source*

Hastings, baintreach, James Weir, an maor uisce, baitsiléir agus anois an t-Astrálach seo, Anthony Hamilton – is de bhunadh na háite seo iad uilig…"

"… ach ní de bhunadh na háite é Anthony Hamilton…"

"…gabh mo leithscéal, a Dheasúin, ach is de bhunadh na háite é. Tháinig a *shin-seanathair ó Bhaile an Ghorta…"

"…océ! Lean ort…"

"… agus an triúr atá básaithe, níor Éireannaigh ó dhúchas éinne acu ach Sasanaigh mar a mbeifeá ag ceapadh óna sloinnte…"

"… tuigim an méid sin, a Chriostóir…"

"… agus ba thiarnaí talún agus breithimh iad muintir Hastings le linn an Drochshaoil, báillí dá gcuid ba ea iad muintir Weir agus ba *shirriam é sin-seanuncail Anthony Hamilton…"

"… tá sé seo an-suimiúil go deo mar phíosa staire, a Chriostóir, ach…"

"… féach, a Dheasúin, na dúnmharaithe seo agus an triúr atá imithe ar Shlí na Fírinne… tá a nginealach ar eolas agamsa… triúr den *chine Ghallda ba ea iad… tá sé ráite go raibh sé beartaithe ag Anthony Hamilton suíomh tí a cheannach i mBaile an Ghorta agus go raibh sé ar intinn aige filleadh ar an bhfód dúchais sar a fada…"

"… agus an bhfuil tusa ag rá liomsa gur dúnmharaíodh na daoine seo de bharr go raibh a muintir rompu páirteach i ndíshealbhú nó i *bhfeachtas i gcoinne na

sceitsin-seanathair *great grandfather*
sirriam *sheriff*
cine Ghallda *English race*
feachtas *campaign*

*dtionóntaí faoi chíosanna nó rud éigin mar sin…?"

"… nílim go hiomlán cinnte fós, a Dheasúin. Ach táim ag obair air!"

Thóg an bleachtaire an véarsa as an mbailéad a fuair sé ó chianaibh i seomra an léachtóra mhairbh agus shín chuig Mac Aonghusa é.

Bhreathnaigh sé siúd go géar air.

"Van Diemen's Land? Hmm! Tá's agam gurb é teideal na léachta a bhí le tabhairt anocht ag Hamilton san Ionad Oidhreachta ná: 'From Ballygort to Botany Bay - the untold story', léacht a raibh mé ag tnúth go mór léi, dála an scéil. B'fhéidir go raibh eolas éigin ag Hamilton nach bhfuil ag éinne eile is gurb é sin an fáth ar dúnmharaíodh é? Ba léachtóir cáiliúil staire in Ollscoil Sidní é agus an t-uafás scríofa aige i dtaobh stair na himirce ón tír seo chun na hAstráile…"

"… agus b'fhéidir go bhfuil an ceart agat, a Chriostóir, tar éis an tsaoil, is go bhfuil ceangal idir na dúnmharaithe seo agus stair na himirce ó Bhaile an Ghorta…"

"… ba bhreá liom a raibh sa léacht sin a bhí le tabhairt aige a léamh féachaint an mbeadh aon *leideanna inti i dtaobh na ndúnmharaithe seo."

"Muna bhfuil dul amú orm tá fonn níos mó ortsa breith ar an dúnmharfóir ná mar atá orm féin!" arsa an bleachtaire go magúil.

"Deir tú liom go raibh duine éigin *ag póirseáil trína sheomra i dTeach Uí Riain…"

"… bhí duine éigin ann, duine a rinne an seomra a

tionóntaí *tenants*
leideanna *clues*
ag póirseáil *poaching around*

stracadh as a chéile amhail is go raibh sé ag lorg rud éigin…"

"… FAN MAR A BHFUIL AGAT! TÁ SÉ AGAM! Chomh siúráilte is a thagann lá i ndiaidh oíche, tá sé agam!"

Bhreathnaigh an bleachtaire air agus iontas ina shúile.

"In ainm Dé, cad tá agat?"

"Ná bí do mo chrá le ceisteanna, a Dheasúin. Cén t-am é? A deich i ndiaidh a haon déag. Caithfear brostú! An bhféadfaidh tú mé a bhreith abhaile láithreach, a Dheasúin?"

"Tú a bhreith abhaile láithreach! Cad chuige?"

"*Inseoidh mé duit ar an mbealach abhaile, océ?"

"Océ."

inseoidh mé *I will tell*

Caibidil a Ceathair Déag

*Téann an Bleachtaire Ó Cinnéide i dteannta Mhic Aonghusa go dtí a theach. Faigheann sé comhad tábhachtach stairiúil ina sheomra staidéir. Tá *fianaise sa chomhad go bhfuil ceangal díreach idir na dúnmharaithe agus eachtra a tharla i mBaile an Ghorta ar an 13 Lúnasa, 1840. Fágann an bleachtaire agus Mac Aonghusa an teach faoi dheifir.*

Bhí teach Mhic Aonghusa leathmhíle slí lasmuigh de Bhaile an Ghorta.

Thug an bleachtaire suntas don mhéid gardaí a bhí ar diúité ar na bóithre lasmuigh den tsráidbhaile.

Nuair a shroich siad an teach, rinne Mac Aonghusa caol díreach ar a sheomra staidéir. Bhí mórchuid leabhar agus *cáipéisí ar na seilfeanna, ar an urlár agus ar an mbord mór i gcoinne an bhalla.

Thosaigh Mac Aonghusa ag póirseáil tríd na doiciméid mar fhear buile go dtí gur aimsigh sé *comhad páipéar a bhí *ag liathadh i gcúil agus bhuail anuas ar an mbord é.

D'oscail sé é agus thosaigh sé féin agus an bleachtaire á iniúchadh go cúramach;

fianaise *evidence* — comhad *file*

caipéisí *documents* — ag liathadh *turning grey*

'DEPORTATION/TRANSPORTATION from BALLYGORT 1826 - 1852 - The JOURNAL OF ONE FRANCIS HENNESSY, HEDGESCHOOLMASTER'.

"Ba é siúd mo shin-seanuncail," arsa Mac Aonghusa, "tá cuntas aige sna cáipéisí seo ar gach éinne a *díbríodh as an gceantar seo sa tréimhse sin."

Leath sé na cáipéisí go léir amach ar an mbord agus thosaigh an bheirt acu á n-iniúchadh.

Go tobann, lig Mac Aonghusa béic as agus léim ina sheasamh.

"TÁ SÉ AGAM! TÁ SÉ AGAM!" ar seisean.

D'fhéach an bleachtaire air go hamhrasach. Bhí eagla air go raibh sé á thógáil ar thuras dheireadh an domhain ag an staraí agus go raibh *faillí á dhéanamh aige ar a fhiosrúchán oifigiúil féin.

Mar sin féin bhain an cháipéis bhuí, *dheannachúil a shín Mac Aonghusa chuige *stangadh as.

Chuaigh sé dian air a shúile féin a chreidiúint. Thosaigh sé á léamh:

'Tuesday, 13 August 1840. 3 young men from Lenagh, Ballygort are before Judge Nigel Hastings today. Thomas Lynch and Francis Brown are charged with poaching salmon, having been caught red-handed by Harold Weir, water-bailiff; furthermore Joseph Stack is charged with stealing geese from the estate of Eugene Connolly on the word of the Sheriff, Sir Rodney Hamilton. All 3 pleaded innocent but were found guilty and sentenced by Judge Hastings to be transported forthwith for a period of no less

a díbríodh *who was expelled*

faillí a dhéanamh *to neglect*

dheannachúil *dusty*

stangadh: bhain sé stangadh as *it disconcerted him*

than 14 years to Van Diemen's Land.'

"Sin agat anois é, a Dheasúin!" arsa Mac Aonghusa agus é ar mire le gliondar. Do tharla an eachtra sin cothrom is an lá inniu céad is a seasca bliain ó shin. Agus féach an triúr a bhí ciontach as na fir óga a dhíbirt chun na hAstráile: Hastings, Weir agus Hamilton. *Sliocht a sleachta a dúnmharaíodh inniu…"

"… agus is sliocht sleachta iad siúd a díbríodh is cúis leis, is dócha," arsa an bleachtaire, ag géilleadh faoi dheireadh do loighic agus do *ghaois an té a bhí ina sheasamh os a chomhair amach, "ach cén duine, meas tú?"

"Muna bhfuil dearmad orm tá an freagra sin le fáil i bhfocail an amhráin a thaispeáin tú dom ó chianaibh."

Thóg an bleachtaire an blúire páipéir as a phóca. Thosaigh sé á léamh:

"Poor Frankie Brown from Ballygort Town, Tom Lynch and poor Joe…"

Ghearr Mac Aonghusa isteach air.

"… sin an triúr a díbríodh! Anois, níl *tásc ná tuairisc ar mhuintir de Brún ná ar mhuintir de Staic – sin é an 'poor Joe' atá luaite san amhrán, Joe Stack – sna ceantair seo le fada an lá ach tá sliocht de mhuintir Uí Loinsigh fós inár measc…"

"… agus cé hiad sin, a Chriostóir?"

"Cathal Ó Loinsigh, an tiománaí bus agus a dheirfiúr, Paula, a bhfuil cónaí orthu ar Bhóithrín an Aitinn, nach bhfuil ach cúpla céad slat ón teach seo. *Comharsana is ea iad…"

"… agus an bhfuil éinne eile *in aontíos leo?"

sliocht a sleachta *the offspring of their descendants*
gaois *wisdom*
níl tásc ná tuairisc orthu *there is no trace of them*
comharsana *neighbours*
in aontíos *in the same house*

"Níl. Baitsiléir agus seanchailín atá iontu. D'fhill siad abhaile ón Astráil sna hochtóidí luatha. Duine deas séimh é Cathal agus fuair sé post mar thiománaí bus i ndiaidh dó filleadh abhaile. Tá na *néaróga ag *goilliúint ar a dheirfiúr, Paula, agus is annamh a théann sí amach i measc na ndaoine…"

"… tá dul amú ort, a Chriostóir."

"Conas sin, a Dheasúin?"

"Tá triúr acu in aontíos le chéile anocht."

"Ní thuigim…"

"Tá duine de na foghlaimeoirí fásta ina dteannta ar feadh na hoíche…Ó, Íosa Críost, téanam ort go tapa, a Chriostóir…"

"… cad tá cearr, a Dheasúin?"

"Níl ach ceathrú uaire fágtha roimh mheánoíche…"

"Cad tá ar siúl agat, in ainm Dé?"

"An foghlaimeoir fásta atá in aontíos leo… is Astrálach í agus Aoife Ní Chonghaile is ainm di…"

"… de shliocht an tiarna talún, Eugene Connolly?"

"An-sheans! Ní mór dúinn sciúird a thabhairt ar Theach Uí Loinsigh, ar eagla na heagla."

"Tá an ceart ar fad agat, a Dheasúin, agus roimh bhuille an mheánoíche freisin."

"Righto, mar sin. Téanam ort, más ea."

nearóga *nerves*

ag goilliúint air *troubling him*

Caibidil a Cúig Déag

Téann siad go dtí Teach Uí Loinsigh ar Bhóithrín an Aitinn. Tá Cathal Ó Loinsigh fós ina shuí. Cloistear scread thuas staighre. Tá duine a bhfuil púicín á chaitheamh aige ag iarraidh an foghlaimeoir fásta ón Astráil a shá le scian. Téann an Bleachtaire Ó Cinnéide i ngleic leis agus baineann an púicín de. Is í atá ann ná Paula Ní Loinsigh, deirfiúr Chathail. Admhaíonn sí gurb ise a mharaigh an triúr. Tá áthas ar an Astrálach óg, Aoife Ní Chonghaile, a bheith fós beo.

Nuair a shroich siad Bóithrín an Aitinn, bhí cuma an-uaigneach ar an áit.

Ba é Teach Uí Loinsigh an t-aon teach amháin a bhí ann, teach mór dhá stór, a raibh crainn ag fás mórthimpeall air agus é clúdaithe le *caonach.

Bhí Cathal Ó Loinsigh fós ina shuí agus lig sé isteach iad.

"Cá bhfuil do dheirfiúr, Paula?" d'fhiafraigh an bleachtaire de.

"Tá sí imithe a luí le fada. Is gnách léi dul a luí i ndiaidh an nuachta ag a leath i ndiaidh a naoi gach oíche."

Ní mó ná go raibh na focail ráite aige ná gur chuala siad

caonach *moss*

léibheann cheann staighre *landing at top of stairs*

duine ag béiceach thuas staighre.

Chuaigh an bleachtaire suas an staighre de rith te reatha. Ní raibh barr an staighre ach sroichte aige nuair a chuala sé an bhéic arís, ón gcéad sheomra ar clé ar an *léibheann cheann staighre.

D'oscail sé an doras go sciobtha is chuir an radharc a bhí os a chomhair sceon air.

Bhí bean óg caite sa chúinne is gan uirthi ach a héadaí oíche is í ag iarraidh í féin a chosaint ar dhuine eile a bhí gléasta in éadaí dubha ó bharr a chinn go bun a chos agus a aghaidh folaithe ag *balaclava*. Bhí scian ina lámh aige.

Thug an bleachtaire aon léim mhór, mhillteanach amháin trasna na leapa agus leag go talamh é.

D'éirigh leis an scian a bhaint de agus strac sé an *púicín dá aghaidh.

Baineadh geit as nuair a chonaic sé cé a bhí ann.

Bean *chnagaosta go maith a bhí ann agus bhí *seasamh mínádúrtha ina radharc.

"Paula!" In ainm Dé, cad tá á dhéanamh agat?" scread a deartháir, Cathal, ó dhoras an tseomra leapa.

"Táim ag *comhlíonadh mo dhualgas mar Ghael agus mar *thírghráthóir !" bhéic sí in ard a cinn is a gutha, "táim ag baint díoltais amach ar na poic ghránna Ghallda a chuir an ruaig ar an muintir a tháinig romham as a dtír dhúchais go dtí na *críocha ciana, coimhthíocha i bhfad i gcéin..."

"... in ainm Dé, a Paula," arsa a deartháir, "éist do bhéal agus bíodh ciall agat..."

púicín *mask*
cnagaosta *elderly*
seasamh mínádúrtha *unatural expression*
ag comhlíonadh mo dhualgas *fulfilling my duties*
tirghráthoir *patriot*
críocha *territories*

"… agus ba mise a mharaigh iad, gach uile dhuine díobh mar nach raibh iontu ach *cneámhairí suaracha agus 'sé an trua é nár éirigh liom an ceathrú duine díobh a mharú. *Fán fada orthu, na bastúin ghránna mhaslacha…"

"… ach, a Paula, tá an ré sin thart le fada an lá," arsa a deartháir léi.

"Má tá sé thart ní hé sin is a rá go bhfuil sé dearmadta agamsa," ar sise go paiseanta is rinne iarracht ar éirí arís ach choinnigh an Bleachtaire Ó Cinnéide greim docht, daingean uirthi.

Leis sin, thóg sé na *glais lámh as a phóca agus ghreamaigh sé ar a lámha iad.

Nuair a bhí sé sin déanta aige, thóg sé amach a ghuthán póca agus ghlaoigh ar an Sáirsint Ní Bheaglaoich.

"Sea, Deasún anseo. Táim leathmhíle nó mar sin lasmuigh den tsráidbhaile i dTeach Uí Loinsigh ar Bhóithrín an Aitinn. Sea, tá *beirthe ar an dúnmharfóir againn… mé féin agus Criostóir Mac Aonghusa, an staraí áitiúil… murach é siúd ní bhéarfaimis go deo uirthi… sea, Paula Ní Loinsigh, sea, deirfiúr le Cathal… océ, a Fhionnuala… tar amach sa scuadcharr láithreach bonn…"

Tar éis tamaill bhig tháinig an scuadcharr leis an Sáirsint Ní Bheaglaoich istigh ann go Teach Uí Loinsigh. Tógadh Paula Ní Loinsigh go dtí Stáisiún na nGardaí i gCaisleán an Rí.

Istigh sa seomra suite, bhí a cheann cromtha ag a deartháir Cathal agus é ag gol go faíoch.

cneamhairí suaracha *miserable wretches*

fán fada orthu *to hell wih them*

glais lámh *handcuffs*

tá beirthe againn air *we have caught him*

"Is deacair a chreidiúint go ndéanfadh sí a leithéid," ar seisean agus na deora leis, "tá's agam go raibh olc ina croí aici do na daoine a dhíbir ár sinsear as Baile an Ghorta ach tá sé dochreidte go ndúnmharódh sí gaolta na ndaoine sin… dochreidte… céad is a seasca bliain ina ndiaidh: tá aiféala anois orm nár chuir mé go *Teach na nGealt í dhá bhliain ó shin nuair a theip ar a misneach don chéad uair ó tháinig sí anseo… ach cheap mé go dtiocfadh biseach uirthi…níor smaoinigh mé riamh go mbeadh sí *ag beartú fill in aghaidh na ndaoine seo is go bhféadfadh sí na daoine bochta seo a mharú go fíochmhar, brúidiúil…"

Lean sé air *ag cur de ar a dhícheall.

"Agus an bhfuil fhios agat conas ar éirigh léi teacht ar an eolas staire i dtaobh na gcúrsaí seo?" d'fhiafraigh Criostóir Mac Aonghusa de.

"Bhí suim mhór aici sa stair i gcónaí. An-seans gurb é ár seanathair, Bob Lynch, a thug an t-eolas di agus a spreag chun díoltais í. Nó tá seans maith ann gur bhris sí isteach i do theach féin oíche éigin go raibh tú as baile. Táim náirithe os comhair an tsaoil mhóir aici. A leithéid de bhean mhallaithe. Tá an donas inti!"

Lean sé air *ag rámhaille go cráite.

Thíos sa chistin, bhí an t-Astrálach óg, Aoife Ní Chonghaile, ag ól cupán tae.

Bhí *meascán mearaí uirthi.

"Ní raibh tuairim agamsa gur tháinig duine de mo mhuintir ón áit seo," ar sise, "labhair mo sheanathair liom faoi Éirinn is gur tháinig a sheanathair siúd ó

teach na ngealt *asylum*
ag beartú fill *planning treachery/revenge*
ag cur de ar a dhícheall *letting off steam*
ag rámhaillé go cráite *ranting and raving*
meascán mearaí *confusion*

Chúige Mumhan ach b'shin a raibh ann. Ní raibh tuairim agam…"

"… agus ná bí buartha ina thaobh," arsa an Sáirsint Ní Bheaglaoich léi, "tá an t-ádh leat nár mharaigh an ghealt sin thú mar go raibh sí *glan as a meabhair is d'fhéadfadh sí aon rud a dhéanamh agus í sa riocht sin."

"Beidh mé ceart go leor," arsa an bhean óg, "beidh mé ceart go leor ar maidin. Tá áthas orm go bhfuilim fós beo tar éis na hoíche."

glan as a meabhair *completely out of her mind*

Caibidil a Sé Déag

Fágann na foghlaimeoirí fásta Baile an Ghorta an mhaidin dar gcionn. Tugann stiúrthóir an Ionaid Oidhreachta seic ar luach €500 don Ardmháistir de hÍde le haghaidh féasta do na mic léinn i gCaisleán Bhun Raite istoíche amárach. Tá na foghlaimeoirí fásta sásta go maith leis sin.

An mhaidin dar gcionn, bhí na foghlaimeoirí fásta go léir bailithe le chéile lasmuigh den Ionad Oidhreachta ag a deich a chlog is muna raibh *giob geab agus *dul-trí-chéile ann, ní lá fós é.

Bhí Kirsti Agnew ón Nua-Shéalainn agus Aoife Ní Chonghaile ón Astráil ag comhrá lena chéile achar beag *ar shiúl ó na mic léinn eile agus imeachtaí an lae roimhe sin á bplé acu go dúthrachtach.

Bhí tiománaí nua bus tagtha in áit Chathail is bhí an t-Ardmháistir de hÍde agus an Leas-Ardmháistreás Nic Dhonncha ag comhrá leis.

Sheas an Bleachtaire Ó Cinnéide, an Sáirsint Ní Bheaglaoich agus Criostóir Mac Aonghusa i ngrúpa beag ag comhrá eatarthu féin.

Dhruid an t-Ardmháistir ina dtreo.

giob-geab *chit-chat*

dul-trí-chéile *confusion*

ar shiúl ó *away from*

"Beimid ag filleadh ar Choláiste Phádraig ar ball beag," ar seisean, "bhí mé ag labhairt le hAoife anois beag is tá sí go breá, bail ó Dhia uirthi. Stopfaimid le haghaidh béile in Óstán Uí Laoghaire lasmuigh de Chaisleán an Rí. Tá seic ar luach €500 agam anseo ó Stiúrthóir an Ionaid Oidhreachta, Tomás Mac Fheorais, agus táim chun na foghlaimeoirí fásta go léir a thabhairt go Caisleán Bhun Raite istoíche amárach le haghaidh féasta agus tabharfar buidéal *meá an duine dóibh saor in aisce."

Labhair an Bleachtaire Ó Cinnéide.

"Rachaidh sé sin achar éigin len iad *a chúiteamh as an míchompord agus an trioblóid go léir a d'fhulaing siad."

Gháir an Sáirsint Ní Bheaglaoich.

"Ní dóigh liom go mbacfaidh sibh le turas lae a eagrú riamh arís ar an Aoine, an tríú lá déag!" ar sise.

"Tá sin cinnte, mhuis!" arsa an t-Ardmháistir.

Thug na foghlaimeoirí fásta bualadh bos croíúil don Ardmháistir nuair a d'fhógair sé dóibh go mbeidís go léir ag dul go Caisleán Bhun Raite i gcomhair féasta oíche Dé Domhnaigh.

Bhí a gcuairt *neamhghnách, *mhí-ámharach, *dhodhearmadta ar Bhaile an Ghorta thart.

Ag a deich i ndiaidh a deich d'fhág an bus clós an Ionaid Oidhreachta ar a bhealach go Coláiste Phádraig.

Ní mó ná go raibh an bus imithe dhá mhíle ar an mbóthar abhaile nuair a bhí an t-amhrán 'Trasna na dTonnta' á chanadh acu go léir in ard a gcinn is a ngutha.

D'fhág siad pé uaigneas agus pé cian a bhí ina saolta ina ndiaidh i mBaile an Ghorta.

sceitmeá *mead*

a chúiteamh *to compensate*

neamhghnáth *unusual*

mhí-ámharach *misfortunate*

do-dhearmadtha *unforgettable*

GLUAIS

aimsithe: *discovered*
aoibh: *happy look*
aoibh an uafáis: *a look of horror*
aontíos: *cohabitation*, in aontíos *in the same house*
ataithe: *swollen*
athbhunaithe: *restored*
athchóiriú: *renovation*
athlonnaithe: *resettled*
athshealbhú: *repossess*
atógáil: *rebuild*
atógtha: *rebuilt*
ba bheag nár thit an t-anam aisti: *she nearly died*
bacáin: *hinges*
bailithe leo: *gone off*
baitsiléir: *bachelor*
baolach: *dangerous*, is baolach: *I'm afraid*
bastúin: *bastards*
beartú fill: *planning treachery/revenge*
beirthe: *caught*
bís: *vice*, *screw*, ar bís: *excited, in suspense*
brollach: *chest*
bunadh na háite: *coming from the local area*
cailleadh í: *she died*
caipéisí: *documents*
caomhnú: *preserve*
caonach: *moss*
cé is moite de: *apart from*
ceachtar: *either*
ceannaithe: *features*
ceannas: *authority*, i gceannas orthu: *in charge of them*
céasta: *crucified*
ceilte: *hidden*
chaoch sé súil ar: *he winked at*
cine Ghallda: *English race*

cíoch: *breast*
ciontach: *guilty*
cloigeann: *head*
cnagaosta: *elderly*
cneamhairí suaracha: *miserable wretches*
cogar mogar: *whispering*
coirpigh: *criminels*
coiste gnó: *business committee*
comhad: *file*
comharsana: *neighbours*
comhghuaillí: *colleague*
comhlíonadh: *fulfill*
cothrom is an lá inniu: *on this day*
craptha: *crumpled*
créacht oscailte: *gaping wound*
creachta: *pillaged*
críocha: *territories*
cuimhneacháin: *souvenirs*
cúinsí: *circumstances*
cúis: *motive*
cúiteamh: *compensate*
cuma na huaighe: *graveyard look*
cumainn áitiúla: *local organisations*
cur ar cheal: *to cancel*
cur de ar a dhícheall: *letting off steam*
cur i gcrích: *finish, complete*
cur thar maoil: *overflowing*
d'eisigh sé treoir: *he issued an order*
d'fhill sí: *she returned*
daonra: *population*
de phlimp: *suddenly*
dheannachúil: *dusty*
díbríodh: *was expelled*
díshealbhú: *eviction*
do-dhearmadtha: *unforgettable*

doiteán: *fire*
(An) Drochshaol: *the bad old days (i.e. The Famine)*
dúbhrónach: *sadly*
duine ná deoraí: *not a sinner*
dul-trí-chéile: *confusion*
dúnmharú: *murder*
eachtra: *incident*
éagaoin: *moaning*
eagrú: *organise*
éigean: *difficulty*, ar éigean: *barely*
faillí a dhéanamh: *to neglect*
fán fada orthu: *to hell with you*
feachtas: *campaign*
fear bréige: *scarecrow*
féinmhuinín: *selfconfidence*
fiailí agus fothraigh: *weeds and ruins*
fianaise: *evidence*
fill: *return*
fiosrúchán: *inquiry*
fíricí: *facts*
físcheamara: *cam-recorder*
focail mhí-oiriúnacha: *inappropriate words*
fód dúchais: *native place/the old sod*
foinse: *source*
gaois: *wisdom*
gealt: *lunatic*
géilleadh: *yield, give in*
ginealach: *geneology*
giob-geab: *chit-chat*
glais lámh: *handcuffs*
glan as a meabhair: *completely out of her mind*
go bacach: *falteringly*
go graosta: *obscenely*
go hamhrasach: *suspiciously*
go magúil: *jokingly*

goilliúint air: *troubling him*
gol go faíoch: *weeping bitterly*
Gort na bPréataí Dubha: *the field of blighted potatoes*
(An) Gorta Mór: *The Great Famine*
greim docht daingean: *a secure hold*
iliomad: *a great variety*
imirceoirí: *emigrants*
imithe a luí: *gone to bed*
imní: *worry*
in ard a cinn is a gutha: *at the top of her voice*
iniúchadh: *examination*
inseoidh mé: *I will tell*
ionad oidhreachta: *heritage centre*
ionaid sheiceála: *check points*
ionsaí gnéis: *sexual assault*
lá an mhí-áidh: *unlucky day*
láthair: *site*
léacht: *lecture*
leas-ardmháistreas: *vice-principal*
leath bealaigh: *half way*
leath sé amach: *he spread out*
leathcheann: *side of head*
léibheann cheann staighre: *landing at top of stairs*
leideanna: *clues*
leigheas: *remedy*
liathadh: *turning grey*
liobarnáil: *hanging loosely*
líon ard: *a large number*
lochta: *loft*
loighic: *logic*
lonnaithe: *settled*
luath-phinsean: *on early retirement*
macánta: *honest*
maide siúil: *walking stick*
maisithe: *adorned, done up*

maor uisce: *water stewart*
maraon le: *as well as*
marbhlann: *morgue*
meá: *mead*
meascán mearaí: *confusion*
meilt: *spend/grind*
mhí-ámharach: *misfortunate*
mífhoighneach: *impatient*
mion-éan: *small bird*
mire: *madness*, ar mire le gliondar: *wild with excitement*
miste, an miste leat?: *do you mind?*
moill: *delay*
moladh dóibh: *they were advised*
múchadh: *quench*
muinteartha: *related*
náirithe: *disgraced*
neamhghnáth: *unusual*
nearóga: *nerves*
neart plenty of: *strength*, níl neart agam air: *I can't help it*
ní túisce: *no sooner*
Nua Shéalainn: *New Zealand*
ó chianaibh: *recently*
ó dhúchas: *by birthright*
Oifig na nOibreacha Poiblí: *The Office of Public Works*
ón iasacht: *from abroad*
ón mbonn aníos: *from the bottom up*
(Na) Péindlithe: *The Penal Laws*
piseog: *superstition*
poic ghránna Ghallda: *ugly English pigs*
póirseáil: *poaching around*
préacháin dhubha: *black crows*
púicín: *mask*
rámhaillí go cráite: *ranting and raving*
ransaithe: *ransacked*
réitigh siad le chéile: *they got on together*

riocht: *condition*
roimhré: *beforehand*
ruaig a chur: *chase*
ruathar reatha: *mad rush*
sáite: *stuck*
samhail: *similitude*
samhlaíodh dó: *it seemed to him*
saor in aisce: *free of charge*
scamall: *cloud*
scannán: *film*
scaoileadh chun siúil: *release, let go*
sceideal: *schedule*
sceitimíní excitement, Tá sceitimíní orthu: *they are all excited*
sceon: *terror*
scrúdú iarbháis: *post mortem*
sealán na croiche: *hangman's noose*
seanchailín: *spinster*
seasamh mínádúrtha ina radharc: *unnatural expression*
shuaimhnigh sí: *she relaxed*
siléar: *cellar*
sin-seanathair: *great grandfather*
síob: *lift*
sirriam: *sheriff*
slánaithe: *exceeded/passed*
sliocht a sleachta: *the offspring of their descendants*
sméideadh: *beckon*
spaisteoireacht: *stroll/ramble around*
spreag sí mé: *she encouraged me*
sráidbhaile: *village*
stangadh, bhain sé stangadh as: *it disconcerted him*
staraí áitiúil: *local historian*
stiúgtha leis an ocras: *famished*
stiúrthóir: director
suaimhneas: *peace*, í a chur ar a suaimhneas: *to put her at ease*
súil aithne, bhí súil aithne aige air: *he knew him by sight*

suíomhanna tí: *sites for houses*
suntas: *attention*
tásc: *report*, níl tásc ná tuairisc orthu: *there is no trace of them*
teach na ngealt: *asylum*
teachtaireacht: *message*
theip ar a misneach: *her courage failed*
tiarna talún: *landlord*
tionchar: *influence*
tionóntaí: *tenants*
tirghráthoir: patriot
tocht: *mattress*
tógtha le: *taken with*
treoraí: *guide*
trína chéile: *confused*
tuin: *accent*
turas eagraithe: *organised tour*

Má thaitin an leabhar seo leat b'fhéidir gur mhaith leat tabhairt faoin dá leabhar eile do Fhoghlaimeoirí Fásta a d'fhoilsigh Comhar i mbliana.

Teifeach le Pól Ó Muirí: Scéal faoi bhean óg ón Bhoisnia a raibh uirthi teitheadh óna tír féin agus faoinar tharla dí anseo in Éirinn.

Sorcha sa Ghailearaí le Catherine Foley: Scéal faoi bhean óg atá ag obair i ngailearaí i mBaile Átha Cliath agus a thiteann i ngrá le bleachtaire ón Ollainn atá ar thóir gadaithe pictiúr.